김복희 첫 시집

어찌 말없이 살라 하오

How Can You Ask Me to Live in Silence?

 뜨락에

갈잎 김복희 시인
Kim Bok-Hee Poetry Collection

경남고성 출생
사회복지 전문학사(행정전문 학위)
한국방송통신대학 문화교양학과 졸업
한국가을문학 신인상
한국가을문학 제6호-8호 투고
詩섬 동인지 「시 숨결로 잇다」
시집 「어찌 말없이 살라 하오」

시인의 말

詩는 언제나 내 삶의 뒤편에서 조용히 숨 쉬고 있었습니다.
말로는 다 하지 못했던 아쉬운 상념들
지나간 시간 속에 남아 있던 감성이 어느 순간부터
시가 되어 내 앞에 놓이기 시작했습니다.
삶의 길에서 만난 인연,
자연 속에서 발견한 빛과 계절,
세월이 남기고 간 흔적을 두서없이 써 보았습니다.
가족이라는 울타리 안에서 비로소 알게 된
사랑과 감사한 마음을 담았습니다.
『어찌 말없이 살라 하오』라는 제목처럼
붙잡고 싶었지만 흘려보내야 했던 순간마다
나를 올곧게 걸어갈 수 있도록 높으신 분의 넘치는 사랑
그 틀 안에서 인연이 시작되었고 詩를 선택했습니다.
시섬동인들 그리고 박가을 지도교수님 고맙습니다.
우리 가족에게 첫 시집 출간의 기쁨,
사랑한다는 마음을 전하고 싶습니다
이 시집 한 권이 누군가의 마음에 잠시 머물 수 있다면
그것으로 충분하겠습니다.
앞으로 시인처럼 살아가렵니다.

2026. 2.
별내동 뜨락에서
김복희

차 례

시인의 말 **3**
차례 **4**

1부 | 어찌 말없이 살라 하오

남겨진 흔적 _ **11**
화랑대 철도공원 _ **12**
햇빛 속으로 _ **13**
한적한 산행길 _ **14**
피어나는 꽃처럼 _ **15**
내가 살아 보니까 _ **16**
가족 여행 _ **17**
천둥번개 치던 날 _ **18**
제명호 둘레길 _ **19**
어찌 멀없이 살라 하오 _ **20**
생명체가 탄생하기까지 _ **21**
마유산 계곡 _ **22**
대문 밖에서 _ **23**
아름다운 말 _ **24**
내가 서 있는 곳 _ **25**
수련화 _ **26**
세월의 흔적 _ **27**
특별한 여름휴가 _ **28**
말이 담을 쌓을 때 _ **29**
사람 사는 세상 _ **30**

2부 | 가을이 온다고요

천혜의 비경 부채길 _ **33**
봄꽃 _ **34**
별내동 산수유 _ **35**

뭐야 꽃 세상이네 _ 36
마음밭에 사랑을 _ 37
마라도 파도소리 _ 38
능소화 _ 39
눈꽃 속의 태양 _ 40
여백 _ 41
남이섬의 보름달 _ 42
나는 시인이다 _ 43
꿈을 향해 걷는다 _ 44
나는 지금도 _ 45
은밀하게 만나는 이여 _ 46
국립현충원 _ 47
경동시장 _ 48
가을이 온다고요 _ 49
오월의 향기 _ 50
광야의 그릇 _ 51
추억은 그리워라 _ 52
간절한 남산길 _ 53

3부 | 붉은 입술의 봄바람

세월을 안고 돌아가고 _ 57
세상을 헤엄치고 싶다 _ 58
인연이란 _ 59
꿈은 만들어가고 _ 60
봄의 발끝에서 _ 61
아기별 하나 _ 62
사랑함으로 _ 63
보물상자 _ 64
나의 꿈나무 _ 65
내 인생의 꽃 _ 66

차 례

봄은 가슴 안에 _ 67

그대여 바람 속에 _ 68

하늘 문 열리고 _ 69

꽃망울 위에 내린 눈꽃 _ 70

꽃샘추위 _ 71

우아해지고 싶다 _ 72

허물어진 굴뚝 _ 73

노천탕 _ 74

돌단풍 _ 75

붉은 입술의 봄바람 _ 76

이른 아침에 _ 77

4부 | 사랑이라는 이름으로

행복은 마음에 담아 있고 _ 81

아차산에서 봉화산까지 _ 82

우리 음성을 들으시어 _ 83

내 고독한 사랑 _ 84

함박눈은 쏟아지고 _ 85

세월은 홀로 흐른다 _ 86

평화의 종 _ 87

여린 감성을 되살리며 _ 88

배움이란 무엇인가 _ 89

인생이라는 전쟁터 _ 90

와인박물관 _ 91

우리라는 나무 _ 92

울고 싶을 땐 울어라 _ 93

곱게 물든 인생길 _ 94

그 이름 잊으려 해도 _ 95

조롱박 _ 96

마음과 마음 사이 _ 97

꽃은 피고 _ 98
비밀정원 _ 99
사랑이라는 이름으로 _ 100
인정이 넘쳐흐르고 _ 101

5부 | 거울 앞에서

푸른빛의 파라호 _ 105
이 쓸쓸함이란 _ 106
한 시간의 기쁨 _ 107
가을밤 드림랜드 _ 108
가을의 기도 _ 109
가을을 타고 _ 110
나뭇잎의 속삭임 _ 111
독립기념관 _ 112
나의 빛 _ 113
사노라면 _ 114
거울 앞에서 _ 115
마장호수 둘레길 _ 116
서로 손 잡아주며 _ 117
옛도성 길을 걷다 _ 118
용연동굴 _ 120
꽃바람이 속삭이는 벤치 _ 121
어서와요 _ 122
정답 없는 인생길 _ 123
다정한 눈빛 _ 124
김유정 문학관 _ 125
가 을 한 장 _ 126
첫눈 _ 127

서평 _ 128

1부
어찌 말없이 살라 하오

남겨진 흔적 _ 11
화랑대 철도공원 _ 12
햇빛 속으로 _ 13
한적한 산행길 _ 14
피어나는 꽃처럼 _ 15
내가 살아 보니까 _ 16
가족 여행 _ 17
천둥번개 치던 날 _ 18
제명호 둘레길 _ 19
어찌 멀없이 살라 하오 _ 20
생명체가 탄생하기까지 _ 21
마유산 계곡 _ 22
대문 밖에서 _ 23
아름다운 말 _ 24
내가 서 있는 곳 _ 25
수련화 _ 26
세월의 흔적 _ 27
특별한 여름휴가 _ 28
말이 담을 쌓을 때 _ 29
사람 사는세상 _ 30

남겨진 흔적

바람 따라 구름은
말을 남기지 않고 지나가고
떨어진 꽃잎 하나
계절의 안부를 묻는다

계절은 조용히 겉옷을 바꾸고
삶의 모퉁이에서
나 또한
낡은 시간을 벗어둔다

흘러온 길 위
지워지지 않은 발자국
그 또한
살아 있음이 아니던가

미뤄 두었던 꿈
잠시 잊고 있었지
가끔은
손바닥 위에 올려본다

겸손이라는 이름으로
접어두었던 일들
한 글자 한 겹씩 벗기며
비로소 나를 만난다.

아무 말 없이
하나의 자리를 남기고.

화랑대 철도공원

장맛비가 한차례 지나간 뒤
말끔해진 철길을 걷는다

산책로에 번지는 매미 소리
졸졸 흐르는 시냇물
하늘은 한 모금 청량하다

기차가 오가던 길 위 꽃향기
이제 공원이 되어
계절의 결마다 시간을 머금고
화랑로를 따라 선 미루나무
하늘에 닿으려
싱그러움을 걸친 채
육사 생도들의 기상을 닮았다

이 철길을 걸을 때마다
젊은 발걸음의 열정이
내 두 어깨를 조용히 펴준다.

햇빛 속으로

그 따뜻한 손길이
마음 깊은 곳까지 어루만져 주네
엄마의 품속처럼

양달밭 아지랑이 피어오르면
달래 캐던 어린 손마디 사이로
눈부신 햇살이 살포시 내려온다

창틈으로 스며든 볕
그 온기를 느낄 때면
먼 하늘을 보며 명상에 잠긴다

모든 생물이 환하게 웃으면
베란다 화초 초록의 향연 펼치고
그 따뜻한 숨결을 느끼게 한다

나도 저 푸른 잎새처럼.

한적한 산행길

불암산 애기봉에 올랐다
맑은 공기와 새소리 들으며
산비탈에서 버찌와 보리수를 만난다
추억에 이끌려 손을 뻗치는 순간
짭짤한 맛이 입안에 번진다

철조망을 지나가는 숲길
그윽한 솔향은
막혔던 가슴을 천천히 열어준다
이 순간
불암산은 내 집 뒷동산 같다

부모 손잡고 오르는 아이들
눈웃음으로 말없는 인사를 건넨다

정상에 서서
노송 한 그루를 바라보며
거친 아버지의 손등이 떠오른다
문득
아버지의 넓은 가슴이 그리워진다.

피어나는 꽃처럼

동녘에 떠오르는 태양은
세상을 비추며
일상을 열어가는 사람들의 빛이 된다

서산에 걸린 초승달은
어둠이 걷힐 때까지
뒷문에 슬그머니 숨어있다

비바람 눈보라가 칠 때면
어둠 속에서도 태양은
그 자리에서 묵묵히 궤도를 돈다

구름에 가려 모습은 보이지 않아도
저 태양은
밝게 핀 꽃처럼 매일 피어난다.

내가 살아 보니까

내가 살아 보니까
사람들은 남의 일에 별 관심이 없더라
흔히 호기심이나 구경거리에 지나지 않더라

내가 살다 보니까
내 나이가 되면 무엇이 소중하고
무엇이 허망한 것인지 알겠더라

거창한 포장보다도
내용물이 더 중요하다는 것을

글을 쓰면서
나를 성찰하게 되었고
내 삶 안에 고된 것들을 치유하며
꿈을 키워 행복을 찾아가고 있더라.

가족 여행

칠순기념
두 아들이 베트남 여행을 가잖다

사랑스러운 손자 손녀와 함께
아홉 가족이 떠나는 해외여행

호텔 수영장에 물놀이하는 아이들
그 모습만으로도 기쁨이 넘친다

푸꾸옥섬
에메랄드빛과 순백색의 모래사장
파란 하늘에 흔들리는 야자수며
사랑스러운 아이들의 웃는 모습이며
나 헛되게 살지 않았음을 느낀다.

천둥번개 치던 날

밤새 천둥번개로
뒤숭숭한 마음에 잠에서 깼다

세찬 비바람이 창문을 두드리니
갑자기 하늘 문이 열렸나 했다

싱그러운 아침은
밤새 폭풍우 이겨내고
끄떡없던 나무며 화초들
묵묵하게 그 자리를 지키고 있다

저 폭풍우처럼
치열하게 살아가는 일도 사람의 일
저 튼튼한 나무처럼
나도 오롯이 세상에 서 있으리라.

제명호 둘레길

비바람이 불더니
한줄기 소낙비가 내렸다

울창한 숲은 햇빛을 막아주고
저녁노을 하얀 뭉게구름이 아름답다

고즈넉한 저녁 산책길
숲길을 지나는 순간은
제명호수에 반추된 아름다움이다

하얀 구름과 비단잉어가 노니는 모습
어느 화가의 그림이라도
이토록 정교하고 아름다울 수 있을까

둘레길 그윽한 솔향
바람 타고 옷깃을 스치니
내 가슴도 시원하다.

어찌 말없이 살라 하오

하늘은 날 보고 티 없이 살라는데
어찌 티 없이 살 수 있단 말이오

하늘은 날 보고 말없이 살라는데
살면서 트인 입으로 말해야지
어찌 할 말만 가려서 한답디까

지난 일은 묻지 말고
남은 세월은 하고 싶은 일 다 하리라
사람이 사는 세상 어찌 즐겁지 않겠소

나도 어여쁜 여인인데
어찌 말없이 살라 하오.

생명체가 탄생하기까지

자연은 인간에게 아낌없이 베푼다
맑고 시원한 바람 따뜻한 햇볕
계절마다 향기로운 꽃을 피운다

창조의 비밀
나무와 물, 흙은 우리에게
삶의 터전이고 모든 생명체이다

생명체가 탄생하기까지
순환의 법칙으로 회복하고
무질서한 현대를 살아가는 지금
자연에 대한 무감각에 가슴을 친다.

마유산 계곡

자연이 준 선물
개울물 소리
바람 소리
산새 소리
숲의 속삭임까지

구름도 흘러가고
사람들 세상 이야기도 흘러간다

계곡의 푸르름이 절정에 이르니
첩첩산중은 한 폭의 산수화로다

산등선마다 갖가지 형상으로 빚어낸 바위
웃는 얼굴로 반겨준다

야생화의 아름다움
고추잠자리도 춤추고
시냇물 소리도 정겨워
계곡에 발 담그고 흥얼거려본다.

아!
이 청량한 마유산의 바람이여.

대문 밖에서

장자골 언덕 밭두렁에 쭈그리고 앉아
달래 냉이 쑥을 캐고 싶다

아지랑이 피어오르면
봄시냇물 풀리는 물소리 듣고 싶다

냇가에 버들강아지 꺾어
풀피리도 불며
담백한 된장국도 먹고 싶다

초하룻날 정한수 떠 놓고 기도하시던
울 어머니
그 시절로 돌아가고 싶다

이제 고향마을은 빈 집
아흔 넘은 홀어머니가 홀로 지키며
객지 자식들 오기만 기다리고 있다.

아름다운 말

마음이 아름다운자여
세상은 그대 향기로
더 아름다워지더라

그대는
겸손을 몸에 담고
입술은 칭찬을 달고
얼굴엔 해맑은 미소로
사랑 가득한 모습이더라

해는 달을 비추고
달은 해를 가리고
어리석음을 지혜롭게
밝은 세상으로 일깨우는 자여

출렁이는 파도처럼
넓고 깊은 마음으로
둥근 세상 모나지 않게 살아가리라

살다 보니
아름다운 한마디 말에
인생길 정답 없이 즐겁더라.

내가 서 있는 곳

내가 서 있는 곳에 행복이 있고
아름다운 추억 남길 수 있기에
살아가면서 순간마다 소중함을 느낀다

진실한 삶을 곱게 수놓으며
처연한 마음으로
겉보기가 좋아 보이면
내면의 가치도 향기를 내듯이
좋아하는 일을 하면 행복해지는 일이다

명성을 얻는 사람보다
지혜를 가진 보통사람이면 어떠랴

날마다 즐겁게 앞만 보고
바람 따라 구름 흘러가는 대로
남은 날까지 멋진 인생을 살아가리라.

수련화

연못 속 잡초에 둘러싸여
모래땅에 뿌리를 내리더니
이토록 아름다운 꽃이었던가
단아한 그 이름 수련화

새벽녘 고운 자태
부끄러워 얼굴 감추더니
햇살 닮은 꽃은 나를 오라 하네

청순한 꽃이여
어스름한 달빛에 잠들었네
나도
저 수련화 꽃이 되고 싶어라.

세월의 흔적

친구여
인생사 곱게 걸어온 길
회한은 흔적으로 남겼으면 좋겠어

지난 시절은 탓하지 말고
그 무게만큼 비우며 초연하게 살아가세

내 젊음도 세월의 한 모퉁이에서
꿈을 싣고 살아온 나날이었소

뒤돌아보니 아무것도 보이지 않소
산 넘어 불어오는 바람이
왜 따뜻하게 느껴지는지
빈 가슴만 촉촉해지네

언제 먼 곳으로 떠날지 모르지만
그윽한 향기 날리며 꿈을 향해 걸어가세나.

특별한 여름휴가

아들 가족과
고성 고향 집으로 떠났다

어머님 모시고 공룡박물관을 돌아보니
아이들도 마냥 좋아한다

삼천포 전어축제와 맛집
별빛이 쏟아지는 바닷가
파도소리 들으며 손잡고 걷는다

케이블카는 두려움이 있었지만
감동에 함성이 터져 나왔다

푸른 바다 한가운데 작은 섬들
너울대는 파도에 숨바꼭질하고 있다

섬과 섬을 잇는 연륙교
붉은 빛으로 물들어가고
외로운 내 어머니 닮았다.

말이 담을 쌓을 때

입에서 나온 말
부드러운 몸짓
상냥한 목소리
진심이 담겨있으리라

목말라 하는 이에게 한 잔의 물을
답답한 이에게 다정한 말 한마디를
넉넉한 마음으로 상대를 세워 줄 때
세상 살아가는 좋은 일 아니던가

행복은
마음으로
말로
얼굴로
덤으로
얻은 것 아니던가.

사람 사는 세상

사람 사는 세상
사회적 물질이 존재하고
서로 닮음이 없는 다름의 본성
겉모습도 제각각 닮은 점도 없더라

성격도 재능도 다르니
목적이 같으면 같은 길을 걷지만
그 목적도 생각도 다 다르더라

세상사 앞서랴 뒤서랴
모두가 잘났다고 으쓱대지만
그 마음은 속 빈 강정
그자가 그자더라.

2부

가을이 온다고요

천혜의 비경 부채길 _ 33

봄꽃 _ 34

별내동 산수유 _ 35

뭐야 꽃 세상이네 _ 36

마음밭에 사랑을 _ 37

마라도 파도소리 _ 38

능소화 _ 39

눈꽃 속의 태양 _ 40

여백 _ 41

남이섬의 보름달 _ 42

나는 시인이다 _ 43

꿈을 향해 걷는다 _ 44

나는 지금도 _ 45

은밀하게 만나는 이여 _ 46

국립현충원 _ 47

경동시장 _ 48

가을이 온다고요 _ 49

오월의 향기 _ 50

광야의 그릇 _ 51

추억은 그리워라 _ 52

간절한 남산길 _ 53

천혜의 비경 부채길

부채를 펼쳐 놓은 듯한
널브러진 부챗길을 걷는다

250만 년 전 지각 변동
천혜의 비경은 신비롭더라

투구바위 부채바위 거북바위 쌍둥이바위
기암괴석은 바위꽃을 만들었고
둘레길은 푸른 바다를 품고 있다

우리가 살아가는 세상
어찌 혼자의 길이라 우길 수 있으련가.

봄꽃

새싹이 돋아나는 봄날
풀잎마다 사랑의 노래 들려온다
형형색색 향기를 더하는 들꽃들

그 꽃잎이 환하게 웃고 있다
가냘픈 잎새마다
그윽한 내음 선물이다

바람에 흔들리는 꽃잎은
수줍어
은밀하게 봄소식 전한다

내 마음 깊은 곳까지.

별내동 산수유

별내동 산책길
가을 정취 마음껏 느끼며
푸르른 하늘에 흠뻑 젖어본다

가을 숲은
주황빛으로 곱게 물들어 간다

산수유 열매는 빨갛게
절정을 맞아 고운 자태로
보고픈 사람 오라한다

어둠을 뚫고
고운 빛으로
단풍잎은 물들어간다

저 단풍처럼
나도 곱게 물들어가고 싶다.

뭐야 꽃 세상이네

동네 산책길을 나설 때
길가에 핀 꽃을 본다
와!
뭐야, 꽃 세상이네

용암천엔 물고기가 노닐고
벚꽃이 흐드러지게 피어 있고
신도시가 된 별내동 실개천은
아름다운 정원이로다

개천길 봄은 이미 내게로 와 있다
쑥, 씀바귀, 노란 민들레꽃, 제비꽃
이름 모를 풀꽃도 활짝 웃고 있다

별내동은
내 마음에 커다란 정원이로다.

마음밭에 사랑을

고통은 언덕 너머에서
희망으로 기다리고 있어요

두려워 마세요
슬퍼하지 마세요

마음밭에 사랑을 심어보세요
사랑밭에 꽃을 피우게 될 테니까요

교만하지 마세요
한순간에 행복을 날려 보내기도 하지요

그때마다
마음밭에 사랑의 씨를 뿌려보세요
행복은 파란 싹이 돋듯 자라날 테니까요.

마라도 파도소리

마라도 파도소리에
하나 되어
나는 바다를 헤엄치고 있네

마라도는 청정바다
자연 그대로인 생태 섬

초록 물결 해안은 현무암으로
천연 그대로 절경이네

파도칠 때마다 흔들리고
구름 따라 막힘없이 흘러간다
불어오는 바람 마음도 가볍게 한다

외로이 서 있는 등대
세상에 빛을 비추고
먼 바다를 바라보며 서 있네

갈매기 우는 소리
파도가 들려주는 화음
옥빛 바다 마라도를 날아본다.

능소화

주황색 꽃잎이 하늘을 가린다
그리운 담벼락을 껴안고
뙤약볕도 아랑곳하지 않는다

절벽 위에 다다른 꽃잎
허공 속으로 고개 내민
그 아름다운 풍취가 절정이로다

땅에 떨어지는 꽃잎마다
붉은 사랑이 사그라들고
곱디고운 그 자태가 민망하도다

바람 부는 날이면
그대가 보고 싶어
붉은 꽃잎만 떨어지더라.

눈꽃 속의 태양

밤새 함박눈이 내렸다
곱게 물들어 있던 단풍잎
하얀 눈꽃으로 변했다

가을날 여운만 남긴 채
세상은 온통 눈꽃 세상
마음에도 하얀 눈꽃이 피었다

동구릉 뒷산
나뭇가지마다 상고대가 피었고
안개인 듯 구름인 듯
바람에 흩어지는 눈꽃송이
찬란하게 휘날리고 있다

태양은 떠오르고 눈길을 걷는다
허허로움 마음
함박눈 내리는 겨울을 기다리며.

여백

비워둔 마음
자유를 느낄 때
미완의 삶 완성해가는 것 아닐까

여백은 실용의 가치가 아름답고
비움이 없다면 어찌 채움이 있을까
나를 내려놓고 비울 때 자유가 온다

서로의 어깨를
가진 것만큼 내어주며 살아간다면
의미 있는 삶이 아닐까.

남이섬의 보름달

아들 가족과 남이섬에 갔다
보름달은 호수에 몸을 담그고
은빛 물결은 춤추는 수채화다

투영된 나뭇가지
바람에 흔들릴 때마다
내 마음도 흔들흔들

모닥불 앞에
도란도란 이야기꽃 피우며
아이들도 마냥 사랑스럽다

강변을 걷는 산책로
산과 강이 맞닿아 호흡하니
잊지 못할 남이섬의 밤이로다.

나는 시인이다

시심이 머무는 곳마다
곱게 물든 아름다움이 가슴에 안긴다

차창 밖으로 풍경이 바뀔 때마다
으쓱대며 환하게 웃는다

안산문화예술의전당 가는 길
빨간 단풍잎이 나를 축하하고
잎새는 꽃비로 폭죽을 터뜨린다

한국가을문학 신인문학상 받고
꿈을 이룬 날
떨리는 마음 주체할 수 없도다

마음은 둥둥
금방이라도 하늘을 나는 기분
나는 시인이 되었다.

꿈을 향해 걷는다

그날이 그날인 것 같았는데
어느 날 문득 삶을 뒤돌아보니
칠십 년의 세월
나도 모르게 훌쩍 지나가 버렸다

마음은 청춘인데
몸 따로 마음 따로

늦었다고 포기하지 말자
버티고 가다 보면 그 끝이 보일 테니

그 꿈을 향해
오늘도 나
뚜벅뚜벅 걸어가고 있다.

나는 지금도

나 열심히 살아왔다
경춘선에 몸을 싣고 추억을 만나러 떠난다
내 인생길 지금도 현재진행형이다

마석을 지나 북한강을 바라보니
저절로 함성이 터진다
강물을 휘감고 있는 물안개 환상적이다

유람선은 소양댐에서 양구까지
녹색 물결은 넘실대며 흩어지는 물보라
파란 하늘이 내려와 사뿐사뿐 걷는다

싱그러운 풍경에 가슴이 뚫리고
아쉬움과 즐거움이 교차했던 곳
커피잔 안에 그리움을 담는다

강물 위 떠 있는 구름 한 조각
고독했던 그런 날이 아니었던가

파란 하늘이
파노라마처럼 펼쳐진다.

은밀하게 만나는 이여

가을이 머무는 언덕
그대가 그립습니다

내 가슴 안에 있는 이여
내 마음을 흔드는 이여

저 높은 하늘 끝
내 깊은 곳 꿈속에서
은밀하게 만나는 이여
내 인생길 올바르게 가르쳐 준 이여

안개처럼 지나간 세월 걷다 보면
강렬한 그 무엇을 느끼며
그 어떤 힘이 나를 깨우니
지혜롭게 걸어가고 있습니다

내 마음 흔드는
저 높은 분이시여.

국립현충원

현충원은 민족의 얼이 서린 곳
해와 달은 언덕을 지켜준다

조국을 위해 목숨 바친 임이시여
당신들의 숭고한 희생
깊이 새겨 후세에 전하리라

임의 값진 희생은 오늘의 대한민국이 되었고
눈부신 발전으로 세계 우뚝 선 내 조국이로다

6.25 전사자의 구역
나의 아버님이 잠들어계신 곳
빗발치는 폭탄 속에서도
목숨도 버리시며 조국을 지키신 아버지

여기 고이 잠들어 있는 동산에
겨레의 꽃 무궁화는 활짝 피어있습니다.

경동시장

계절이 바뀔 때마다
시장 한 바퀴를 둘러보면
제기동 경동시장은 늘 생동감이 넘친다

가을이 끝날 무렵
울퉁불퉁한 먹골배며
뚱뚱한 늙은 호박을 산다

어느새 배낭이 묵직한 걸 보니
집으로 가야 할 때가 된 것 같다

골목 어귀에서 호떡 하나 입에 물고
총총걸음으로 집으로 향하는 흐뭇함
제기동 경동시장은 늘 생동감이 넘친다.

가을이 온다고요

파란 하늘 뭉게구름
가는 세월처럼 길게 누워
목화꽃이 새털구름인 양
지난 추억만 남기고
젊은 날의 열정까지
구름에 실어 보내렵니다

시원한 바람은 불어
어깨를 스치는 고운 가을
내 인생도
곱게 익어가는 가을이랍니다.

오월의 향기

아카시아 향기는
세월의 순환 속에서도
천연 향수로 만들어집니다

외로울 때 뒷동산에 올라
세월을 탓하기보다
아카시아 향기에 젖어봅니다

세월도
시냇물도 막힘없이 흘러가듯
아름다운 추억만 남기고 싶습니다.

광야의 그릇

현실의 두려움과 떨림은
당신 능력 앞에
무릎을 꿇습니다

여기까지 온 세월
사십 년
더욱더 깊었고 간절한 울림도
은혜의 빈 잔에
넘치는 기쁨을 담아주셨습니다

광야에서 만난 당신 말씀은
힘겹게 걸어온 길목마다
밝게 밝혀주는 등불이었습니다.

추억이 그리워라

코스모스 가을 들녘
황금 물결 넘실거리며
오곡이 무르익어 가고
어린 시절 밭두렁에서
메뚜기 잡던 옛 추억이 생각난다

운동회 날 학교 담장에
하얀 꽃이 피면 백군이 이기고
빨간 꽃이 피면 청군이 이긴다고
좋아라 재잘거리며 오가던 등굣길

엄마와 짝 이뤄 달리기하던
가을 운동회는
온 마을의 흥겨운 잔치였다

친구들아 보고 싶다
지금 어디서 무엇을 하고 있니.

간절한 남산길

어스름한 저녁 서울야경은
산자락이며 기와지붕이며
순백의 눈송이 소복하다

밤하늘 반짝이는 별빛
어디선가 들려오는
감미로운 피아노 선율
가던 길 멈추게 한다

그때 그 시절
남산 길모퉁이에서
그대와 만났던 짧은 만남이
아직도 간절하게 그립다

내 마음 한 켠
비목처럼 서 있는
눈을 감아도 아련히 떠오른 그대여.

3부

붉은 입술의 봄바람

세월을 안고 돌아가고 _ 57

세상을 헤엄치고 싶다 _ 58

인연이란 _ 59

꿈은 만들어가고 _ 60

봄의 발끝에서 _ 61

아기별 하나 _ 62

사랑함으로 _ 63

보물상자 _ 64

나의 꿈나무 _ 65

내 인생의 꽃 _ 66

봄은 가슴 안에 _ 67

그대여 바람 속에 _ 68

하늘 문 열리고 _ 69

꽃망울 위에 내린 눈꽃 _ 70

꽃샘추위 _ 71

우아해지고 싶다 _ 72

허물어진 굴뚝 _ 73

노천탕 _ 74

돌단풍 _ 75

붉은 입술의 봄바람 _ 76

이른 아침에 _ 77

세월을 안고 돌아가고

세월이 한 겹씩 쌓여가니
취향도 바뀌고 처신도 조심스러워
고급스러움보다는 소박함으로
복잡함보다는 단순함이 더 좋더라

멋진 사람보다 편한 사람이 좋아지고
복잡한 도심보다 한적한 시골이 좋고
산과 강물이 흐르는 옛길이 더 좋아지더라

인생은 쉼 없이 변해가도
마음은 한결같은데
나는 세월을 안고 돌아가고 있다.

세상을 헤엄치고 싶다

그대는 아픔도 잊은 채
등불이 되어 내 곁에 서 있습니다

그대는 먼저 하늘로 가버리고
나는 칠흑 같은 어둠 속에서도
홀로 쓸쓸한 겨울밤을 지켜내야 합니다

그대는 내 곁에
감춰 둔 별 하나
언제나 가슴을 설레게 합니다

잠실대교를 건널 때마다
넘실거리는 저 한강물
나는 세상을 헤엄쳐 보고 싶었습니다

아직도 내 마음 안에
생생하게 떠오릅니다
내 웃음꽃 피어 주는 그대여
참 좋은 인연.

인연이란

하늘이 맺어준 사람
바람처럼 나타난 그녀
가족이 될 줄이야
내가 병원에 입원했을 때
너는 백의 천사였지

첫인상이 보석처럼 빛나고 고왔지
너는 우리 가문 시온의 샘물이어라

아들딸 낳고
가정을 이룬 그 믿음

사계절 내내 꽃을 피우는 사랑
너는
행복을 담은 청초한 그릇이어라.

꿈은 만들어가고

내 꿈이자 희망이었던
네가 태어나던 날은
세상을 다 가진 듯 했어

과학자가 되겠다는 꿈
과학 수학 경시대회에서
도맡아 상을 받으면 얼마나 기뻤던지

너는 어려운 여건도 잘 견디며
신사업을 일으켜 세울 주역이라
엄마는 단단한 믿음이 있었단다

이제는 신제품 개발하는 CEO로
세계로 뻗어가는 기업인이 되었지

우리를 지켜주신 높으신 그 분께서도
사업장에 시온의 대로를 열어주시리라.

봄의 발끝에서

작은 손에 꿈을 움켜쥐고
책장을 넘길 때마다
우주를 노래하는 것 같다

발레 슈즈를 신고
하늘의 천사처럼
사뿐사뿐 춤추는 제인이

네가 웃으면 집안 가득 햇살이 퍼지고
네가 슬플 때면 검은 구름이 지나가지

너는 계절을 바꾸는 아이란다
사랑을 먹고 자란 나의 제인이

고운 자태로 세상의 빛을 더하는
그런 사람이 되었으면 좋겠다.

아기별 하나

내 손자 지온이
하늘에 별 하나 우리 품에 안겨
고운 숨결로 빛을 틔우고
풀잎 위를 바람처럼 달려가며
작은 공 하나에 발끝으로 세상을 굴려본다

때론 넘어지고 배우며 환한 웃음으로
마음을 다스리며 그렇게 성장하고
퍼즐을 맞추는 사랑 안에서
지온이 마음 밭에 길이 열리리라

누군가의 빛이 되는 날
세상은 그만큼 더 따뜻해질 거야
너의 고운 마음처럼.

사랑함으로

둘째가 태어나던 날
시어머니는 덩실덩실 춤을 추었다

형에게 지기 싫어서였을까
형이 좋아서였을까
형이 하는 건 뭐든 다 따라 했고
형이 가진 건 다 갖고 싶어 했었지

어느 날 컴퓨터를 사줄 때
형이랑 같이 쓰라고 했더니
"왜, 내 건 따로 안 사줘"
소리치며 그동안 맺혔던
둘째의 서러움을 말했지

미안해, 미안해
너를 끔찍이 사랑하는 엄마 마음
너도 알잖아.

보물상자

청소하다
우연히 상자 하나 열었다

작은 무지개 하나씩 담긴
손 편지가 가득 들어 있었다

아들이 한 여자아이와
수년간 주고받은 밀어

아들 담임 선생님의 딸
초등학교부터 고등학교까지
같은 학교에서 싹튼 사랑의 밀어

한 사람만 바라본다는 것도
이렇게 가능하구나 싶었다

상견례 날
눈 맞추며 웃던 상냥한 너의 얼굴
그때 그 아이가
지금 소중한 나의 며느리다.

나의 꿈나무

언제나 들꽃처럼 피어 있는
시헌이
아빠 엄마를 꼭 닮았다

생각이 깊은 아이
수학을 좋아하고
퍼즐을 맞힐 때면
남다른 눈빛이다

세심한 성격 엄마를 닮았다
시헌이가 꿈꾸는 세상은
에덴동산 나무처럼 세상의 빛으로
쓰임 받았으면 좋겠다

참 사랑스러운
내 손자 시헌이.

내 인생의 꽃

시아,
바위틈에서 풀이 자라는 것처럼
단단하게 성장하는 너의 모습
가족 역사를 써 내려가고 있다

어려운 삶 속에서 태어난 시아
너로 인해 하나의 마음이 되었고
사랑의 끈으로 묶일 수 있었단다

태권도 품새 펼치는
힘찬 너의 모습 바라보면
내 인생에 꽃이 활짝 핀다.

봄은 가슴 안에

고모리 저수지 둘레길을 걷는다
광릉 숲길은 아직도 설산이고
버드나무 줄기마다 봄물기 가득하다

호수는 아직도 빙판이고
눈은 하얗게 덮여 있는데
살얼음 위에
나는 살포시 앉아 본다

물속이 훤히 비치는 호수
내 모습까지
봄은 이미 가슴 안으로 파고들었다.

그대여 바람 속에

허탈하게 웃음 띤 얼굴
오늘따라 당신이 그립습니다

당신은 하늘 소풍 떠났지만
참으로 사랑했던 사람입니다

못다 한 사랑
가슴 깊이 접어두고
그리움에 먼 산만 바라봅니다

산길 어귀로 숨어버린 당신
때론 밉기도 원망스럽기도 했었지만
꿈에서라도 생시에라도 보고 싶습니다

나는 여전히
당신의 이름을 부릅니다

참 보고 싶은 사람
내 가슴에 영원히 남아 주세요.

하늘 문 열리고

시련이 올 때마다 나를 방패로 강하게 하셨네
나를 붙잡고 말씀으로 따스함으로 감싸 주셨네

하늘 문 열리고 깨달음이 있을 때
내 가는 길에 빛이 되셨네

어딜 가든지 어느 곳에 있든지
당신은 내 어깨를 토닥이며
아린 마음 어루만져 주셨네

여기까지 달려온 삶
내 곁을 지켜주며 함께 걸어왔기에
나 온전하게 당신의 품에 안기고 싶네.

꽃망울 위에 내린 눈꽃

입춘도 지난 봄날
하얀 눈밭 온 대지를 덮어 놓았다

나뭇가지마다 하얀 눈꽃이 피었고
사과나무에 여린 꽃망울은
눈이 휘둥그레진다

눈 내린 하얀 세상
어머니 품속처럼 따뜻하다

한낮 햇살에 녹아
촉촉이 적시며 파란 싹은 돋고
봄인지 겨울인지 눈은 내리고.

꽃샘추위

산수유 꽃이 기지개를 켜며
수줍게 손짓한다

혹독한 겨울 묵묵히 견뎌내며
싹이 파랗게 얼굴을 내밀고 있다

새벽 영하의 기온은
옷깃을 단단하게 여미게 한다

봄은 이미 와 있는데
추위는 떠날 마음이 없나 보다

꽃샘추위가 뾰족하게 나온 새싹을
아프게 하고 있다.

우아해지고 싶다

활짝 핀 백합처럼
나는 도도하게 피고 싶었다

세월 따라
곱게 물든 단풍잎처럼
우아해지고 싶었다

힘들지 말자
아프지 말자
몇 번이고 되 뇌이던 말
연분홍 꽃잎 물들던 젊은 날
그 시간은 늘 기다림이었다

바다 한가운데
한 조각 돛단배 다가설 수 없는 거리었다

어느 날 사랑이 스며들 때
나는
홀로 핀 꽃송이가 되고 싶었다.

허물어진 굴뚝

붉은 벽돌로 지어진 공장
허물어진 굴뚝은 말이 없고
스치는 바람만 지난 세월을 말해주고 있다

철문 사이로 스며들던 기름 냄새
기계 소리는 멈추었지만
철을 다듬던 굽은 허리가 그려진다

땀에 젖은 작업복의 숨결은
철 기둥마다 아직도 애잔하다.

노천탕

뿌연 안개가 녹아내리며
이마에 땀방울은 흘러내리고
눈 덮인 노천탕에 몸을 담그는 순간
고독한 삶의 무게까지 다 녹아내린다

찰랑거리는 숨결 숨겨 둔 세상 이야기
별거 있더냐
이렇게 뜨거운 삶을 즐기며 살아가면 그만이지

시냇물이 흘러가듯이 돌고 돌아온 길
바로 여기인데 하늘을 벗 삼아
청춘으로 돌아가고 싶다

온천탕에 몸과 마음을 마사지하니
선녀도 왔다가 울고 가겠다 싶다.

돌단풍

바위틈 사이로 하얀 꽃망울
살며시 얼굴을 내민 돌단풍
긴 겨울 이겨낸 모습
올망졸망한 희망이다

돌담에 개나리 살구꽃도
덩달아 꽃 피우며 웃는다

바위틈과 어울리는 돌단풍
그 돌단풍에서
내 인생길을 본다.

붉은 입술의 봄바람

중랑천을 혼자 걷는다
물가 늘어진 버드나무 어깨 스친다

노란 개나리 수줍게 손을 흔들고
단아한 목련꽃은 내 얼굴 닮았다

홍매화 붉은 입술은 봄바람에 휘날리고
강물 위에 미끄러지는 천둥오리
정답게 물결 따라 흘러간다

봄 햇살은 개천물을 어루만지며
송사리떼도 은빛으로 반짝이고
봄은 살며시 내 가슴 안에 스며든다.

이른 아침에

이른 아침에
세상을 연다

부지런히 걷는 사람들
지하철에 익숙한 이들
부지런한 그들 속에 내가 있다

세월의 그림자 따라
각진 주름만큼 마음을 비우며
노을빛 하루를 열어 간다

배움의 길은
무無에서 유有를 만들어
내면을 토닥이던 지난날들
이제 훨훨 날개 펼치련다.

4부
사랑이란 이름으로

행복은 마음에 담아 있고 _ 81

아차산에서 봉화산까지 _ 82

우리 음성을 들으시어 _ 83

내 고독한 사랑 _ 84

함박눈은 쏟아지고 _ 85

세월은 홀로 흐른다 _ 86

평화의 종 _ 87

여린 감성을 되살리며 _ 88

배움이란 무엇인가 _ 89

인생이라는 전쟁터 _ 90

와인박물관 _ 91

우리라는 나무 _ 92

울고 싶을 땐 울어라 _ 93

곱게 물든 인생길 _ 94

그 이름 잊으려 해도 _ 95

조롱박 _ 96

마음과 마음 사이 _ 97

꽃은 피고 _ 98

비밀정원 _ 99

사랑이라는 이름으로 _ 100

인정이 넘쳐 흐르고 _ 101

행복은 마음에 담아 있고

분주한 항구의 아침
고깃배가 지나가며 하얀 물살로 길을 만들며
갈매기떼 춤춘다

파도의 출렁거림
봄바람도 살랑거리며 어깨를 흔들고
나도 흥겹게 춤을 춰본다

하늘과 바다가 맞닿은 수평선
저 너머에 무엇이 있을까
바다에 숨겨진 이야기가 들려온다

행복이 어디에 쌓여있는 것은 아니다
마음에 담아 있는 것이다

출렁이는 파도 추억 한 조각을 그려본다
굵어진 손마디를 어루만지며.

아차산에서 봉화산까지

봉화산 정상에 올라
옛 봉수대 불빛을 떠올린다

신호를 알리던 그 불빛
이제는
기도의 불빛이 되었다

아차산에서 봉화산까지
망우산을 지나 용마산에 이르니
산등성을 따라 흐르는 역사의 숨결

묵동 신내동 상봉동 중화동을 품은
봉화산 둘레길 숲에
소나무와 참나무가 속삭인다

새들의 노랫소리
봄날 새싹과 봄꽃 눈빛
숲은 조용히 내게 말을 건넨다.

우리 음성을 들으시어

살아 계신 분
십자가만 바라보아도
가슴이 뜁니다

태양이 솟아오르고
밤하늘에 별빛이 쏟아지고
이 모든 것을 만드신 분

우리 음성을 들으시어
욥의 부르짖음도 응답하신
절망을 꿈으로 바꿔주시고
숨까지도 간섭하시는 그 섭리

언제나 내 마음을 만져주시는
내 사랑하는이시여.

내 고독한 사랑

의암호 강물 위에 떠 있는 케이블카
그 길이만큼 저 산 너머 구름이
나를 감싸 안은 듯하다

설산은 아직인데
호숫가 나뭇가지마다
이른 봄을 기다리고 있다

정상에서 바라보는 은빛 물결
호수 한가운데 서 있는 내 모습
카메라 셔터소리 요란하다

신선한 바람아
고독한 사람아
사랑까지 다 마셔 버려라.

함박눈은 쏟아지고

설 연휴 가족과 곤지암 화담숲에 갔다
함박눈이 펑펑 쏟아지고
온 대지를 하얗게 덮고 있다

설경은 감동 그 자체
수채화 한 폭을 그려놓았다

어스름한 밤 스키장 밝은 불빛
눈보라와 춤을 추듯
스키어들은 묘기를 선물해 준다

밤하늘 펼쳐지는 불꽃놀이 그 오묘함이란
말로 표현할 수 없는 화려한 춤사위
가족들 손잡고 새해 소망을 빌어본다.

세월은 홀로 흐른다

저녁노을이 곱게 물들면
집집마다 굴뚝에선
모락모락 연기가 피어오른다

온 가족이 둘러앉아
소박했던 푸짐한 밥상
소리 없이 부는 봄바람이 구수하다

손끝에 느꼈던 감촉
이제는 돌아갈 수 없지만
동심의 세계로 돌아가고 싶다

뒷동산 나를 기다리고 있을 친구
아련해지는 사랑
아직도 나를 기억하고 있겠지.

평화의 종

남녘 산자락에
평화의 댐 하나 세우고
한 푼 두 푼 모은 손길로
분단의 상처를 감싸 안았다

평화의 종
아직 울리지 못한 채
침묵으로 지키고 있다

우리 마음 깊은 곳에
그 평화는 스며들고

그날
종이 울리면
가슴 벅찬 통일의 봄이 오리라.

여린 감성을 되살리며

아름다운 노년을 꿈꾸며
펜을 붙잡고
배움의 터전으로 달려갑니다

한 번뿐인
삶을
아름답게 가꾸려합니다

내 여린 감성을 되살리며
한 편의 시를 쓰기 위한
희망의 몸부림입니다

그렇게도 세월은
나에게 행복을 연주하며
그 길을 걸어가게 합니다.

배움이란 무엇이던가

내 청춘 머물렀던 신설동
청년 시절 보릿고개 넘기면서
푸른 꿈 안고 양재기술을 익혔다

종로에서 충무로 명동까지
솜씨 좋은 손으로
의류 패션을 유행시키기도 했다

배움이란 무엇이던가요
자녀들에게 엄격한 훈육으로
명문대학을 보냈고 사회구성원이 되었다

이제 황혼의 꿈을 안고
내 길을 가고 있다

다시, 신설동에서 종로에서
만난 인연
방송통신대학에서 시작하는 삶이로다.

인생이라는 전쟁터

숲길을 걸으며
그 아름답던 시절
맑은 하늘에 점 하나 만들었다

십자가 밑에서
말씀이 함께 있었기에
큰 힘이 될 수 있었다

안개 속에서도 긍정으로
세상의 무게를 견디며
묵묵히 길을 걸을 수가 있었다

인생이라는 전쟁터
그날을 이기고 견딘 세월이다

지난 시간이 모질었어도
이제
허허롭게 웃으며 걷고 있다.

와인박물관

칭따오 문학 여행길
포도주 박물관에 들어서는 순간
서늘한 땅속 미로를 걷는다

길게 늘어선 돌벽마다
손때 묻은 숨결이 스며있고
독일인의 그림자 짙은 흔적
포도주잔에 한숨이 흘러내리고 있다

수백 번의 손길
수만 번 떨어진 땀방울은
포도주마다 녹아 있을 터

우리는
터널 중앙에 둥글게 모여 잔을 들어
적포도주가 담긴 술잔을 부딪치며
그들의 피땀을 마시고
꿈을 외쳤다.

우리라는 나무

사랑은 참 신기해요
바람이 불어도 쉽게 쓰러지지 않죠

자녀들은 가지 나는 줄기
할아버지는 단단한 뿌리
우리 아이들은 새싹이지요

서로를 안아 주는 사랑
하루하루를 쌓아온 정
나무는 튼튼히 자라나지요

우리라는 나무
성실함으로 살았고
하늘에 닿을 수 있도록 오늘도 웃으며
내 곁에 서 있는 나무를 보며 기도해요.

울고 싶을 땐 울어라

그리움과 함께 살아야 했고
외로움과 맞서 싸워야 했다

뒤돌아보면
물속으로 뛰어들고 싶던 그때
폭포 소리 너머
달빛과 눈 맞춤 즈음
속삭이던 물소리가 들려왔다

내가 사랑했던 사람들
나를 사랑해준 사람들

그래도 끝내
사랑해야만 하는 사람들

울고 싶을 땐
참지 말고 울어라

그리고
그 모든 순간을 안고
다시 사랑하는 법을 배워라.

곱게 물든 인생길

지난 세월 발자국마다
입을 굳게 다물고 여기까지 왔습니다

꽃처럼 고운 사람이고 싶었어도
굽은 산길 같았던 인생길 견뎌 왔습니다

그 길 위에
당신이 있어 고마웠습니다

손바닥만큼의 꽃밭
봉선화 채송화 나팔꽃 심고
꽃을 바라보며
혼자서 조용히 웃어보았지요

나지막한 두 어깨
하늘 아래 홀로 남아
쓸쓸하였지만 평온한 마음

형형색색 단풍잎처럼
곱게 물든 내 인생길
그대에게
가만히 기대고 싶습니다.

그 이름 잊으려 해도

보고 싶어도 볼 수 없어
더욱 그리운 사람

가끔 떠오르는
그림 같은 당신의 그림자

아름다웠던 추억
영상처럼 스치면
애절한 그리움만 남아

떨어진 꽃잎처럼
세월 속에 접어 둡니다

오늘도 그 이름
아련하게
중얼거리듯 불러봅니다

아,
사랑하는 내 당신.

조롱박

중국 청도 노상에서
조롱박 하나 샀다

고향 집이 그리운
지붕 위에 피었던 흰 박꽃이다

고향이 그리워
조롱박 하나 가슴 안에 꼭 안았다

텔레비전 위에 걸어두고 바라본다
고향 집과 청도 여행길이 엇갈린다
그럴 때마다 마음이 따뜻해진다

조롱박 하나
소중한 추억 하나.

마음과 마음 사이

우리도 모르게 멀어지는 것이 있다

마음과 마음 사이에 감정이 흐르고
사람의 마음도 강물처럼 흘러
꽃처럼 피고 지기도 한다.

가까이하려 했던 마음
어느새 멀어져 있을 때가 있다

그러나
멀어졌다고 사라지는 건 아니다

그 사이에 그 마음 안에
나도 있겠지.

꽃은 피고

새벽빛이 스며든 장미공원
벚꽃도 공원 가득 흐드러지게 피었고
걷다 보니 나도 꽃을 피우고 있다

산까치가 나뭇가지 사이를 오가고
기쁜 소리로 살며시 아침을 흔든다

차가운 이슬에도
꽃은 피고
영산홍이며 장미는
꽃잎 입에 물고 있고
봄은 더욱 깊어만 간다.

비밀정원

천리포 수목원
숲과 바다 손을 맞잡은 비밀정원
봄을 먼저 알려주는 목련꽃

단아한 목련꽃은 자색 꽃잎 흰 꽃잎
노란 꽃잎마다 고고한 자태 우아하다

분홍빛 목련은 동백꽃과 어우러져
수선화도 수줍게 봄 햇볕을 태운다

봄 햇살에
내 가슴도 풀리듯
봄꽃 향기는 황홀하게
내 가슴 안에 은은하게 퍼진다.

사랑이라는 이름으로

새벽 단잠에서 깨어나 휴대폰으로
추억을 담은 작은 앨범을 만들었다

둘째 아들 살림집을 처음 찾던 날
갓 지은 밥 냄새의 향기로움에
도란도란 웃음꽃 피우던 사진 한 장
행복해하는 가족들 얼굴이다

시어머니 머리에 꼽던 금비녀에
온기를 담아 금반지 세 개를 만들어
두 며느리 손가락에 가만히 끼워주고
우리 셋이 같은 마음이라며
단란한 가정을 만들기로 약속했다

붉게 타오르는 단풍잎처럼
우리 가족도 곱게 물들어가며
두 며느리의 눈빛은 맑아 보였다

신앙으로 맺어진 인연
사랑이라는 이름은 더욱 단단해졌다.

인정이 넘쳐흐르고

알프스처럼 웅장한 봉우리
어깨 나란한 울산의 울주땅
경남북도를 잇는 온양 7개의 고을
정겨운 물결을 따라 하나 되어 흐른다

칠읍 장날이면 인간 냄새가 넘친다
대장간에 망치 소리 정겹게 들려오고
고소한 참기름의 손길은 바쁘다

시장귀퉁이 얼큰한 곰탕 한 그릇
피로가 사르르 녹아내린다

얼굴마다 온기가 넘치는 장마당
인정이 넘치는 삶은 깊어만 간다.

5부

거울앞에서

푸른빛의 파라호 _ **105**

이 쓸쓸함이란 _ **106**

한 시간의 기쁨 _ **107**

가을밤 드림랜드 _ **108**

가을의 기도 _ **109**

가을을 타고 _ **110**

나뭇잎의 속삭임 _ **111**

독립기념관 _ **112**

나의 빛 _ **113**

사노라면 _ **114**

거울 앞에서 _ **115**

마장호수 둘레길 _ **116**

서로 손 잡아주며 _ **117**

옛도성 길을 걷다 _ **118**

용연동굴 _ **120**

꽃바람이 속삭이는 벤치 _ **121**

어서와요 _ **122**

정답 없는 인생길 _ **123**

다정한 눈빛 _ **124**

김유정 문학관 _ **125**

가을 한 장 _ **126**

첫눈 _ **127**

푸른빛의 파라호

파라호를 껴안은 산길
들꽃과 눈을 마주친다

푸른빛이 반추된 파라호
비수금 마을 골짜기를 지날 즈음
자연의 숨결이 나를 반긴다

호수 위에 산 그림자
누구의 솜씨인지
한 폭의 산수화를 그려놓았다

산허리를 휘감은 물안개
나도 그 속에 빠져들고 싶었다
마치 선녀가 된 기분이어서.

이 쓸쓸함이란

둘이 걷던 길
그 길 위에서
당신을 그려봅니다

산길만 오르다 보니
강물은 멀어지고
당신의 모습도 멀어집니다

채소밭만 가꾸며
눈길을 돌리는 순간
장미꽃은 나를 외면합니다

뭉게구름 흘러가는 산자락
이 쓸쓸함이란
풀잎이 손을 흔들며
잠시 나를 멈추게 합니다

알 수 없는 자연의 숨결은
어느덧 내 마음을 알았는지
당신의 빈자리
풀잎은 내 어깨를 토닥여줍니다.

한 시간의 기쁨

어버이날이다
효심이 가득한 두 아들 두 며느리
귀여운 손주들 온 가족이 모였다

훈제연어와 치킨, 피자까지
맛도 있었지만
가족이 함께 있어 행복한 만찬이다

재잘거리는 아이들
웃음꽃을 피우고

짧은 시간이었지만
추억의 한 페이지를 만들었다

고마운 한 시간의 기쁨
나는 오늘 진한 사랑을 받았다.

가을밤 드림랜드

가을밤 드림랜드
하늘에 수놓은 불빛
드론이 그려놓은 별빛의 길

달빛은 은은히 내려앉아
야시장의 소란마저 포근히 감싸 안는다

시장 골목에 번지는 웃음소리
달콤한 군것질 냄새는
마음까지 따뜻하게 적셔준다

하늘에 반짝이 별
아이들 마음처럼 빛난다

달빛과 드론 불빛이 어우러진
환상의 불꽃은
마음까지 환하게 비춰준다.

가을의 기도

맑은 가을 햇살이 온 세상을 감싸듯이
그분은 우리 모두를 사랑으로 품어주신다

삶의 여정에도
따뜻한 위로가 스며들고
멈출 줄 모르는 사랑까지

서로 손을 맞잡는 순간
사랑의 노래가 되어
하늘에 닿기를 기도한다

황금빛 들판마다 그분의 손길이 머물고
고운 단풍잎마다
은혜의 빛으로 물들어간다.

가을을 타고

창문 너머 쌀쌀한 갈바람이
굵직하게 스며들어 온다
가을이 내 마음에 들어왔다

풀숲에 고추잠자리
햇살에 자유롭게 창공을 날고
나도 저 하늘로 날아오르고 싶어진다

텃밭의 늙은 오이
황금빛으로 짙어가는 자태
나를 닮아 쓸쓸하다

길가에 핀 한 송이 국화꽃
젊은 날의 내 모습이다

나는 아직도
가을을 타고 있는가 보다.

나뭇잎의 속삭임

길 위에 나뭇잎 밟으며
당신 모습 떠올립니다

굽이쳐 흐르던 강물은
여전히 그대로인데
나 홀로 남겨두고
당신은 어디에 있나요

담장 너머 핀 장미꽃은
곱다 예쁘다 말해주는데
나는 고개를 돌려 버립니다

뭉게구름이 떠 있는 산자락
당신의 빈자리 감싸 안으며
혼자 걸을 때
풀잎은 내 어깨를 토닥여 줍니다

돌담길 낙엽을 밟으며
둘이 걷던 길
보고픈 당신을 그려봅니다.

독립기념관

태극기 나부끼는 독립기념관엔
오랜 함성이 들려오는 듯합니다

36년, 빼앗겼던 나라
그 뼈대를 다시 세우려 가슴에 태극기를 품고
맨주먹으로 대한독립을 외쳤던 선조들
그 숭고한 용기에 고개가 숙여집니다

태극기의 물결
생명의 숨결이 광장마다 흐르고
자유란 무엇인가
나라를 되찾기 위해 몸부림쳤던
처절한 외침 앞에 내 가슴도 북받칩니다

펄럭이는 태극기
아, 대한민국이여
후손들에게 물려줄 내 나라
위대한 역사의 숨결 영원한 울림이어라.

나의 빛

그대를 볼 수 없어도
그대는 나의 빛
내 곁을 지켜주는 동행자

흔들리는 나를 붙잡아 주고
조용히 이끌어 주네요

세상 유혹이 나를 흔들어도
내 마음을 단단하게 하네요

인생길 더 우아하고 고상하게
일상의 소소함으로 살아가리오

이제 알겠네
그분과 늘 함께였음을

눈에 담지 못해도
마음을 붙드는 빛이요

누구에게나 사랑 나에게도 사랑
내 인생길 함께하시는 분.

사노라면

고통스러울 때는
말 대신 침묵으로 견디고
기쁠 때는 미소로 나누어라

화가 치밀 땐
참는 법을 배워서 나를 다스려라

불꽃이 너무 세면
고구마 속은 익지 않고
껍질만 타버리나니
삶도 그러하지 않은가

삶의 온도 조절하는 지혜
집착을 내려놓고
고통의 우선순위를 분별하면
건강한 내 모습이 아니겠는가.

거울 앞에서

삶의 향기를 더해주는 건
내 앞에 놓인 진실한 의무
묵묵히 실천하는 일

성공이란
재능보다 열정, 자신하는 마음
성실한 일상으로 만족할 줄 아는 정신

꾸밈없이 진솔하게 차곡차곡 쌓다 보면
평범한 일상도 조용히 다가오는 향기다

그것이야말로
삶이 주는 참된 선물이오
거울 앞에서 나를 바라보는 일이다.

마장호수 둘레길

가을빛은 호수에 내려앉아 우리를 반긴다
출렁다리 아래 은빛 물결이 춤추고
찬바람이 얼굴을 스치며
설겨움이 천천히 번져간다

나란히 이어지는 걸음마다
작은 속삭임은 바람에 흩날리고
햇살이 등을 토닥이며
말없이 풍경 속으로 스며든다

물결은 노랫말 되어
우리의 웃음소리는 하나가 되고
호숫가 둘레길
오래 남을 추억으로 남는다.

서로 손 잡아주며

가던 길이 힘들면
잠시 쉬어가도 좋아요
졸리면 꿈결에 기대어
단잠을 청해도 좋아요

서로의 마음에 손을 내밀며
나무가 우뚝 서 있듯이
푸르른 숲에 말을 걸어보세요

숲은 더 맑고
세상을 더 따뜻하게
내어준 만큼 만들어질 겁니다

함께 웃을 수 있고
옳게 살아가는 인생길은
서로의 손을 잡아주는 일이랍니다

앞만 보고 달려왔던 그대여
잠시 멈추어 보세요

숲에서 들려오는 저 소리 들어보세요
잘 살아와서 수고 많았다고 말해요.

옛도성 길을 걷다

인왕산 북악산 그리고 낙산은
오래전 한양의 숨결을 품었다

산등성은 서로를 부르며 서 있고
남산은 묵묵히 그 품을 내어준다

돌담길 따라 바람을 잇고
나뭇잎 사이 스며든 햇살은
조선의 아침이다
고요하다

궁궐 안쪽
아직도 왕의 숨결이 살아 있고
청계천 물길도
세월의 이야기를 속삭이며 흘러간다

종묘사직에 잠든 제왕님 앞에
나는 잠시 고개를 숙인다

덕수궁 돌담길
오가는 이들의 손때가 남아
나도 손을 얹는다

광화문을 중심으로
희망의 도시 대한민국이 세워졌다
관광객들의 웃음소리에
그 시절 선조들의 얼굴이 아련하다

이 길은 슬픔만의 길이 아니다
수많은 상처와 역경 속에서도
조선의 숨결은
여전히 살아 있는 도성길이다.

용연동굴

해발 아흔두 고지 태백산 정선
산허리를 감싸고 있는 안개구름

추석날 촉촉하게 비가 내렸다
아홉 가족은 청룡 열차를 탔다
빗줄기 사이로 웃음소리가 번져갔다

흙내음에 옛 기억이 피고
연못 속 용이 승천했다는
순환형 수평굴
삼억 만 년의 세월이 빚어낸 신비한 생성물
용연동굴은
우리 가족의 사랑을 감싸 안아
하나 된 어머니의 품속 같았다.

꽃바람이 속삭이는 벤치

케이블카 끝에서 멈춰선 발걸음
꽃바람이 속삭이는 구름 아래
쉼터가 고즈넉하게 버티고
하늘 벤치에 앉아 잠시 쉼을 갖는다

바람은 귓볼을 스치며
먼 산은 구름과 인사를 나눈다

침묵 속에 새소리 들으며
파란 하늘과 눈을 맞춘다

자연은 언제나 말없이 기다리며
멈춰 설 용기를 주고
산하를 바라볼 여유와
다시 걸어갈 힘을 보태고 있다

강원 정선 하이원
하늘을 바라보던 그 순간
자연의 품은 쉼을 만끽하게 한다.

어서와요

"어서와요"
그 한마디로 하루가 열린다

맑다가 흐렸다가
기억의 날씨는 늘 예측할 수 없는
그녀의 하루다

옛노래 첫 소절만 들어도
금세 웃음이 피어난다

가장 먼 기억이
가장 먼저 깨어나는 치매

언제라도 남편의 발소리 들리면
목소리도 표정도 금세 밝아진다

나는 그녀가 머무는 시간을 돌보며
함께 세월을 보듬고
그녀의 삶을 보듬어
시간에 맞추고 차분히 걸어간다.

정답 없는 인생길

폭우처럼 몰아치던 날도
끝내 햇살이 비치면
밝은 날을 보게 되더라

행복이란 무엇일까
험한 길을 견뎌내고
끝내 넘어섰을 때 알게 되더라

인생은 정답이 없고
어떻게 살아가느냐에
그 답이 있더라

남의 아픔도 내 아픔처럼
품어주는 마음 그게 행복 아니련가

행복한 삶은
홀로 살아 낸 그 자리가 말해주더라.

다정한 눈빛

레스토랑 창밖은
호수 위에 내려앉은 한 폭의 산수화다

탁자 너머 마주 앉은 우리
이 순간이 세상에 가장 값진 시간

일상을 잠시 내려놓고
다정한 눈빛과 웃음을 나누는 것만으로 선물

돌아보면
내가 누렸던 순간
그 무엇도 순탄한 적은 없었다

잠시 호수 위에 비친 내 얼굴을 보니
참 잘 살아왔다
맑은 호수 같아서.

김유정 문학관

설레는 마음 안고
경춘선에 오른다

맑고 높은 가을 하늘
하얀 뭉게구름이 인사를 건넨다

돌담길을 따라 천천히 걸으면
동백꽃 주인공
금방이라도 걸어서 나올 듯하다

초가집 생가 툇마루에 앉아
해박한 해설사의 이야기를 듣는다

김유정 작가의 웃음과 눈물이
애잔한 삶이
고스란히 마음에 스며들었다

그는 가난했지만 따뜻한 사람이었고
그의 문학적 발자취
작가로 살아온 흔적만 남아 있었다

문학관을 나서는 길
문득 그런 생각이 들었다

삶이란 결국
슬픔을 품은 웃음이 아닐까.

가을 한 장

오고가는 길섶마다
붉은 숨결로 물든 잎새
고요히 내려앉았다

잠시 스쳐가는 줄 알면서도
그 고운 빛깔 간직하고 싶었다

가을비 내린 뒤
곱던 잎새
한 잎 두 잎 땅바닥에 흩어지니
별빛이 쏟아져 잠시 머문 자리에
아름다움만 남았다

저 단풍잎처럼
나도 곱게 물들고 싶어라

잠시만이라도 찬란하게
머물 수 있다면
얼마나 좋을까

하늘의 별빛도 땅으로
내려오면
이렇게 곱게 빛나겠지.

첫눈

종로 3가를 지날 때
첫눈이 내렸다

하얀 백지 위에 먹빛처럼
도시의 숨결을 잠재운다

그녀 손에 들린 군밤 한 봉지
추운 겨울날
막 피어오른 열기처럼
그 사랑은 불씨가 되었다

아이스크림을 감고 있는 붉은 액체
녹아내리며 눈사람을 만들 듯
내 가슴에 살며시 스며든다

하얀 눈이 덮인 거리
지친 하루의 여백만 남긴 채
詩수업을 마치고
시어를 낚으며 눈길을 걷고 있다.

사물에 대한 통찰력이 남다르다

시인, 문학평론가 박가을

　꽃은 피고 지고 계절의 흐름은 다시 온다. 하지만 우리 인생길은 다시 돌아오는 왕복이란 없다. 행복한 삶이란 무엇인가? 그 답을 얻기 위해 앞만 보고 가다 보면 맨 그 자리 같아도 변하는 것은 계절뿐 아니라 내면의 자신도 변해간다. 쌓고 또 쌓아가는 배움이라는 지식도 익히고 쌓을수록 그 빛은 더해지고 단단해진다.

　김복희 시인의 삶이 그러했으리라. 작품에 대한 시 한 조각들의 표현을 들여다보면 자신만이 가꾸어가는 삶의 철학이 담겨있고 지혜의 샘물이 솟구쳐 오르듯 정갈하다. 글을 쓰는 일도 삶도 그러하다. 자신이 살아온 체험과 경험들이 씨가 되고 자연의 숨결 그리고 사물, 현상을 보는 시야가 깊고 세밀한 관찰이 있을 때 한 편의 시가 완성된다. 앞만 보며 달려왔을 길 위에 뿌려진 정성과 땀방울은 자신만이 감추고 있는 외로운 길이었을지도 모르겠다. 삶을 뒤돌아보며 홀로 세월을 견디며 가족을 위한 헌신을 통해 곧게 서 있는 김복희 시인에게서 사람다운 참모습을 발견할 수 있다.

　한편 한편의 글에서 그의 성품을 엿볼 수 있고 올바르고 정직한 훈육으로 자녀들에게 본이 되었기에 반듯한 사회인으로 우뚝 서 있음을 알 수 있다. 또한 만학도(방통대 졸업)로 그 꿈을 만들었다.

김복희 시인의 첫 시집 『어찌 말없이 살라 하오』의 상재는 시인의 진념을 엿볼 수 있는 귀한 선물이다. 시인은 소탈하고 담백한 성품을 지녔다. 시인이라는 이름 앞에 정제된 낱말을 하나, 둘 바늘에 코를 꿰듯 묘사와 비유 그리고 표현을 단아하게 그려놓았다.

계절은 아름답게 겉옷을 갈아입고
삶의 모퉁이에서
나도 겉을 갈아입는다

흘러가는 인생길
남겨 놓은 흔적도
한 겹씩 벗겨 가는 일이기에
그렇게 하고 싶었던 꿈
가끔 좋아하는 그들을 생각해본다
– 「남겨진 흔적」 부분

　글쓰기는 내 안에 간직하고 있는 지식을 하나씩 꺼내어 놓은 일이다. 어떠한 형태로 묘사하더라도 시어의 질감은 표현의 정교함에서 비롯된다.
　"삶의 모퉁이에서 나도 겉옷을 갈아입는다" 어쩌면 당연한 순환인 것처럼 보이지만 이는 순수함에서 자연과 호흡하는 일이다. 내면의 옷을 갈아입는 것처럼 시인으로 세상을 보는 시야가 다르게 느껴질 것이다.
　"흘러가는 인생길 남겨 놓은 흔적도 한 겹씩 벗겨 가는 일이기에"
　시인은 삶의 모퉁이에서 담담한 삶의 격정을 토설하고 있다. 순간순간 가슴을 후벼 파는 어려움도 있었지만 의연하게 받아들이는 "남겨진 흔적"도 담대하게 보인다.

그러면 인생길에 어떠한 흔적을 남겨 놓을 까는 작가만의
개성이고, 작가만의 일이기에 김복희 시인은 시집 한 권을
출간하면서 작은 꿈 하나를 완성해 놓았다.

　이는 김복희 시인 스스로가 어깰 토닥일 준비가 되어 있
음이다. 참다운 모습을 엿볼 수가 있다. "그렇게 하고 싶었
던 꿈" 이 순간에 시인이 바라던 꿈을 하나 둘 이루어가고
있음을 직감하게 한다. 그러기에 앞만 바라보며 달려온 이
순간에 복받치는 눈시울을 적셔도 될 일이다. 남모르는 가
슴 안에서의 정열도 삭힌 채 담담하게 인생길을 만들어가고
있지 않은가.

내가 살아 보니까
사람들은 남의 일에 별 관심이 없더라
흔히 호기심이나 구경거리에 지나지 않더라

내가 살다 보니까
내 나이 되면 무엇이 소중하고
무엇이 허망한 것인지 알겠더라
- 「내가 살아 보니까」 부분

　시를 창작하는 일은 나를 돌아보는 일이다. 사물이나 현
상을 보고 느낌을 문자화하는 일이지만 겉과 속이 다름을
알 수 있다. 시는 의미성을 부여하기 때문이며 문장의 연결
과 암시적인 부분이 짙게 깔려있기에 시 한 편에 녹아 있는
시심은 작가만의 독특한 음색이다. 이를 해석하고 자신의
것으로 받아들이는 일은 독자의 몫이다.

　"내가 살아 보니까" 이러한 느낌의 발상은 그 해답을 예견
하고 있기에 창작의 기본 틀을 유리창을 바라보듯 알고 있
다는 뜻이다. 살아가는 방식은 다 다르다. 살아가는 목적에

따라 다른 유형의 삶이 존재하기 때문이다. 시인은 내가 살아 보는 그 느낌을 알고 있음이다. "다른 사람들은 남의 일에 별 관심이 없더라" 삶이란 만족할 수 없는 안개와 같은 길이지만 곧게 걸어가면 그 답을 얻을 수가 있다. 시인은 이러한 해답을 시 한 편에서 사실적인 묘사로 표현하고 있다.

"흔히 호기심이나 구경거리에 지나지 않더라" 표현 방법 또한 생명력이 있는 감성의 발산으로 내면에 잠재된 지식의 분출이다. 그래서 시인만의 독특한 시어를 만들어 내는 것이다. 사람의 내면에서 칭찬도 있지만 시기 질투가 그 안에 숨겨져 있기도 하다. 다만 들어내지 않을 뿐이다. 해서 선과 악은 늘 생존하는 것이기에 선이 악을 누르는 참다운 성품이 바로 시인의 마음이 아닐까 싶다.

"무엇이 허망한 것인지 알겠더라" 삶의 모퉁이에서 아무리 발버둥 치며 길을 걷는다 해도 눈앞에 보이는 것은 신기루에 불과하다. 다만 내 손에 꼭 쥐고 있는 것이 바로 내 것이니 헛된 생각을 버리면 곧은 길을 걸어갈 수 있음이다. 시인은 무엇이 문제이고 어느 것이 답인지도 본인은 이미 알고 있다는 뜻이다.

마음이 아름다운 자여
세상은 그대 향기로
더 아름다워지리라

겸손을 몸에 담고
입술은 칭찬을 달고
얼굴에 해맑은 미소로
사랑 가득한 모습은 그대이더이다

해는 달을 비추고
달은 해를 가리고
어리석음을 지혜롭게
밝은 세상으로 일깨우는 자여

출렁이는 파도처럼
넓고 깊은 마음으로
둥근 세상 모나지 않게 살아가리라

살다 보니
아름다운 한마디 말에
인생길 정답 없이 즐겁더라
-「아름다운 말」전문

　창작의 기본은 감동적이고 생동감이 있어야 하며 묘사와
표현이 중요하다. 작가가 의도한 대로 글의 내용은 참신성
이 중요한 부분이고 우리 삶에서 우러나오는 참모습이다.
김복희 시인의 이 작품에서는 느낌과 생각이 단단하다. 문
장력뿐만 아니라 그 묘사와 표현도 완벽해 보인다.
　"마음이 아름다운 자여" 이 한 행만 보아도 다음에 전개
될 문장이 여러 면에서 해석을 가늠해 볼 수가 있다. "세상
은 그대 향기로 더 아름다워지리라" 이는 의미하는 부분이
깊고 논리적이고 명료하다. 겸손한 사람은 상대방을 비난
보다는 칭찬을 달고 밝은 얼굴로 진실한 사랑을 나누는 사
람이다.
　시 창작은 표현의 자유라는 틀에서도 질서가 있어야 한
다. 작가는 삶에서 얻어진 지식을 시상을 통해 대변해주고
있다.
　"출렁이는 파도처럼 넓고 깊은 마음으로 둥근 세상 모나

지 않게 살아가리라" 자신의 내면에 대한 성찰 바로 그 삶의 근본을 말해주고 있다. 글은 오래도록 생명력을 갖게 되며 새로움도 오래 지속된다.

위 시의 전문을 탐독해보면 인생길에서 하나의 지침서 같은 생각을 하게 된다. 자신의 의사를 직설적으로 전달하고 있다. 글을 잘 쓰고 못쓰고는 글의 흐름이 중요한 것이기에 그 의미를 전달하는 목적이 분명하게 있어야한다. 작가만의 상상은 독자와 소통하기에 충분한 도구로 활용되기 때문이다.

주황색 꽃잎이 하늘을 가린다
그리운 담벼락을 껴안고
뙤약볕도 아랑곳하지 않는다

절벽 위에 다다른 꽃잎
허공 속으로 고개 내민
그 아름다운 자태가 절정이로다

바람이 부는 날이면
그대가 보고 싶어서
붉은 꽃잎만 떨어지더라
- 「능소화」 부분

사물을 보는 시야가 넓다. 능소화를 바라보며 그 섬세함을 표현했는데 일정한 과정과 절차에 따라 글을 썼다. 단순하면서 쉽게 이해될 수 있는 표현을 생동감이 있고 독자에게 감명을 얻을 수 있기 때문이다.

"주황색 꽃잎이 하늘을 가린다" 꽃잎이 작가의 눈에는 그 아름다움이 그러했으리라. 상상력의 척도는 작가만이 간직하고 있는 직감이다. 사물을 보고 느낀 점을 문제의식을 돌출해가는 표현기법이 다채롭다.

"절벽 위에 다다른 꽃잎 허공 속으로 고개 내민" 상상화의 모습을 이 작품에서 그대로 느낌을 받게 한다. 이는 사실적인 묘사며 생동감 있게 표현했기 때문이다.

"바람 부는 날이면 그대가 보고 싶어서" 꽃잎을 볼 때마다 가슴이 설렌다.

능소화를 설정해 놓고 자신 내면에 간직하고 있는 비밀을 고백하고 있다. 자신의 삶을 조심스럽게 풀어 놓고 있음이다. 이는 글의 실체이고 작가만이 표현하고 싶은 창작의 욕심이기도 하다. 자신만의 독특한 표현이기에 문학적인 가치를 높게 평가해주고 싶다.

그대는 아픔도 잊은 채
등불이 되어 내 곁에 서 있습니다

저 하늘로 보낸 후
칠흑 같은 어둠 속에서
홀로
쓸쓸한 겨울밤을 지켜야 했습니다

그대는 내 곁에
감춰 둔 별 하나
언제나 가슴을 설레게 합니다

잠실대교를 건널 때마다
넘실거리는 저 한강물
나는 세상을 헤엄쳐 보고 싶었습니다
-「세상을 헤엄치고 싶다」 부분

세상 길 걷다가 보면 어찌 쉬운 일만 있으랴. 시인은 홀로 세상을 여기까지 유영하고 왔음을 느끼게 한다. 어찌 보면 숙명과도 같은 인생길을 의연한 모습으로 지탱해 왔다. 작가의 속마음을 다 알 수는 없지만 시어 속에 묻혀있는 잔잔한 흔적은 그의 삶을 대변하고 있기 때문이다.

살아가는 일 "칠흑 같은 어둠 속에서 홀로 쓸쓸히 겨울밤"을 지키는 것이다.

창작의 목적이 분명해야 한다. 그러한 글의 줄거리는 동기가 있어야 하며 그러한 내용도 목적이 있을 때 감명받는 글이 된다. 겨울밤은 춥기도 하지만 긴 밤을 홀로 지낸다는 사실 자체만으로도 대범한 인내의 연속이었으리라.

"그대는 내 곁에 감춰 둔 별 하나" 그러함에도 작가는 삶의 전선에서 앞만 바라보며 달려왔기에 시인으로 등단하게 되었고 첫 시집을 출간하는 기쁨을 누리고 있다. 하늘나라로 먼저 가버린 그 사람이 때론 원망스럽기도 했을 것이다.

그 누구에게 말할 수 없는 고뇌 속에서도 자신을 의지할 수 있는 단 한 분 가장 높으신 분을 지주로 자신을 의지했기에 여기까지 헤쳐나갈 수 있었으리라. 도도하게 흘러가는 한강물을 바라보며 눈물도 많이 훔쳤으리라.

"잠실대교를 건널 때마다" 느끼는 막막함으로 한강물을 바라보며 그곳을 지나칠 때마다 아름다웠던 지난 추억을 가슴 안에 꼭 담아왔을 단아한 여인의 모습이 참 곱게 느껴진다. 이처럼 한 편의 시를 통해서 내면에 진솔함을 고백하는 순간 작가의 마음은 후련해졌을 것이다.

내 손자 지온이
하늘에 별 하나 우리 품에 안겨

고운 숨결로 빛을 틔우고
풀잎 위를 바람처럼 달려가며
작은 공 하나에 발끝으로 세상을 굴려본다

때론 넘어지며 배우고 환한 웃음으로
마음을 다스리며 그렇게 성장하고
퍼즐을 맞추는 사랑 안에서
지온이 마음 밭에 길이 열리리라
- **「아기별 하나」 부분**

　이 작품에서 손자 지온에 대한 작가의 마음을 훔쳐보기에
충분하다. 이렇듯 애틋한 가족사랑은 인생길에 버팀목이 되
었을 것이고 글을 창작하는 소중한 소재로 삶의 희로애락을
펼치기에 합당한 글의 바탕이 되었다.
　시인은 평범한 일상을 소재로 창작활동이 빈번하다. 특
히, 사물에 대한 집착과 다양한 표현의 어휘력이 돋보인다.
작가만의 색채가 뚜렷하다.
　글을 쓴다는 자체는 독자의 마음을 훔치는 일이다.
　작가의 마음을 투명한 유리 안을 보듯 작가의 내면을 보
이는 일이기도 하다. 이는 삶의 경험을 글감인 소재로 쓰기
때문이다. 오감을 끄집어내 독자와 글맛을 나누는 일, 쉽지
는 않겠지만 사실적인 표현은 독자에게 감동을 선물하기에
충분하다. 김복희 시인의 詩밭이 그러하다.

허탈하게 웃음 띤 얼굴
오늘따라 당신이 그립습니다

당신은 하늘 소풍 떠났지만
참으로 사랑했던 사람입니다

못다 한 사랑
가슴 깊이 접어두고
그리움에 먼 산만 바라봅니다

산길 어귀로 숨어버린 당신
때론 밉기도 원망스럽기도 했었지만
꿈에서라도 생시에라도 보고 싶습니다

나는 여전히
당신의 이름을 부릅니다

참 보고 싶은 사람
내 가슴에 영원히 남아 주세요
–「그대여 바람 속에」전문

　삶은 구걸하는 일은 아니다. 자신이 노력하는 만큼 얻어지는 결과물이며 남이 대신해 줄 수가 없기에 스스로 해결해야 한다. 가족의 가장으로 남편의 빈 자리까지 채워가는 일은 그리 쉬운 일은 아니었을 것이다. 그러한 안타까움을 문득 곁에는 없지만, 혼잣말로 흥얼거리듯 한 편의 작품으로 승화시켰다.
　"허탈하게 웃음 띤 얼굴 오늘따라 당신이 그립습니다" 일상생활에서 즐거운 일이 생겼거나 슬픈 일이 닥쳤을 때 홀로 감당하기 어려운 일을 겪을 때 그러지 않을까 싶다. 그립다, 보고 싶다. 이 낱말의 구조는 가슴을 먹먹하게 만들기도 한다.
　"산길 어귀로 숨어버린 당신"이 가끔은 미워지기도 원망스럽기도 했을 일이다. 한순간도 잊을 수 없기에 가슴 한켠에 감춰두고 혼자서만 꺼내 보는 사랑하는 사람,

시인의 애절한 울림을 느끼게 한다.

"꿈"에서라든가 "생시"에서라든가 문득 보고 싶은 사람. 김복희 시인의 진솔한 고백에 공감하기에 충분하다. 얼마나 애절했으면 꿈속에서 생시라도 보고 싶었을까. 표현은 동기와 목적이 확실해야 하기 때문이다.

글을 쓰는 일은 혼자됨의 고독함을 완화 시켜주는 촉매제이기도 하다. 자신의 마음을 어루만져 주는 일이기도 하고 보이지 않는 그림자까지도 그리워하며 견디는 일이다. 독자의 마음을 끌어당기는 일은 작가의 자세이기도 하다. 시 창작이 바로 그러하다.

활짝 핀 백합처럼
나는 도도하게 피고 싶었다

세월 따라
곱게 물든 단풍잎처럼
우아해지고 싶었다

힘들지 말자
아프지 말자
몇 번이고 되뇌이던 말
연분홍 꽃잎 물들던 젊은 날
그 시간은 늘 기다림이었다

바다 한가운데
한 조각 돛단배 다가설 수 없는 거리였고
어느 날 사랑이 스며들 때
나는
홀로 핀 꽃송이가 되고 싶었다
—「우아해지고 싶다」 전문

가치의 중요성은 무엇인가? 살아가는 의미는 무엇을 목표로 하고 있을까? 이러한 질물에 대한 해답은 사람마다 개성이 다르기에 정한 답 또한 같을 수는 없다. 다만 행복을 추구하기 위해서 그 해답은 자신만이 가지고 있는 특성이 있다.

내 청춘 머물렀던 신설동
청년 시절 보릿고개를 넘기면서
푸른 꿈을 안고 양재기술을 익혔다

종로에서 충무로 명동까지
솜씨 좋은 손으로
의류 패션을 유행시키기도 했다
– 「배움이란 무엇인가」 부분

사람이 살아가는 과정에서 행복은 스스로 만족하는 것이고 스스로 만들어가는 일이다. 삶의 경험에서 얻어지는 지혜 지금 내가 이 자리에 서 있는 것만으로도 행복한 일이 아닌가 싶다. 끊임없이 배움을 통해 자신을 변화하면서 그 목표점을 향해 달려온 지금, 홀로 핀 꽃송이가 아니던가.

백합처럼 도도하게 활짝 피고 싶은 세월 따라서 단풍처럼 물들어 우아해지고 싶은 그녀의 삶을 지켜보면 티끌이 보이지 않을 정도로 정결하고 담백하기에 그렇다.

"힘들지 말자" "아프지 말자"고 "몇 번이고 되뇌이던 말"은 자유롭게 세상을 유영하고 싶었을 것이다. 혼자만의 자유로운 세상을 활보하고 싶은 충동이 어디 없었겠는가. 그러나 작가의 성품에서 한 치의 흐트러짐도 없이 오직 한길만 걸어갈 수 있다는 성품은 바로 신앙이 원천

이었으리라.

착하게 성장하는 아이들의 모습을 보면서 입술을 굳게 깨물었을 것이고 그 인생길의 동반자가 나를 지켜주며 길을 인도해 주신 높으신 분이 계셨기에 시인 김복희가 존재하고 있음이다.

"어느 날 사랑이 스며들 때 나는 홀로 핀 꽃송이가 되고 싶었다" 홀로 피어 있는 백합 한 송이처럼 도도한 세월을 헤엄치며 여기까지 올 수 있음은 배움이라는 숙명적인 인연에서 비롯되었다.

새벽마다 영어를 수학하고 퇴근 후에 詩를 배우며 소박한 꿈을 만들어가기 위한 몸부림, 그 결과물인 첫 시집을 출간하는 일은 크게 축복해줄 일이다. 또한, 시인으로 우뚝 서 있음이다.

어머니라는 이름 앞에 당당함과 존귀함이 수식어처럼 늘 동반하고 따라붙는다.

둘째 아들 살림집을 처음 찾던 날
갓 지은 밥 냄새의 향기로움에
도란도란 웃음꽃 피우던 사진 한 장
행복해하는 가족들 얼굴이다

시어머니 머리에 곱던 금비녀에
온기를 담아 금반지 세개를 만들어
두 며느리 손가락에 가만히 끼워주고

우리 셋이 같은 마음이라며
단란한 가정을 만들기로 약속했다

붉게 타오르는 단풍잎처럼
우리 가족도 곱게 물들어가며
며느리의 눈빛은 맑아 보였다

신앙으로 맺어준 인연
사랑이라는 이름은 더욱 단단해졌다
–「사랑이라는 이름으로」 부분

부창부수夫唱婦隨라는 낱말 뜻이 적합한 가족이라 해도
좋겠다. 남편은 곁에 없지만 대대로 내려오는 가풍家風을
엿볼 수 있기 때문이다. 고부간의 격차를 느끼지 못할 만
큼 단란한 가족의 사랑을 느낄 수 있는 작품이다.
　가족 간의 우애도 있지만, 집안의 내력으로 대를 이어
온 가문의 정서이기도 하다.
　한 편의 시 창작을 통해 얻어지는 정감은 사물이나
현상을 보고 느낌을 사실적으로 표현하는 것이 詩창작
이다.
　시어머니 금비녀를 물려받아 잘 간직하고 있다가 금반
지 3개로 만들어서 두 며느리와 나눠 끼고 "우리 셋이 같
은 마음이라며 단란한 가정을 만들기"로 약속하는 시어
머니가 그때의 며느리였음을 사랑으로 확인하는 따뜻한
성품의 주인공이다.
　문장의 전개도 물 흐르듯 정갈하고 산뜻한 느낌을 주
는 신선함이 있다. 여느 가정에서도 볼 수 없는 일이기에
고부간의 사랑을 나누는 교훈임을 알리는 일이기도 하
다. 더불어 시인의 시적인 감각과 정서 그리고 글의 색채
를 맛보는 작품이다. 익숙한 낱말이며 일관성 있는 잠재
의식이 감동적으로 효과를 배가하고 있다.

자신 생각을 눈으로 볼 수 있다면 얼마나 좋을까. 한 편의 작품을 완성하기 위한 몸부림도 삶의 일부분이 되는 것이다. 즉, 일상생활의 한 부분을 차지해야만 참다운 글이 탄생한다. 좋은 작품은 생각과 함께 호흡하며 낱말 하나하나에 생명을 불어 넣어주는 작업이기도 하다.

김복희 시인의 문학적 씨앗은 순수하고 단단하다. 문맥이 물 흐르듯이 부드럽다. 단편적으로 흥미로움까지도 멈출 줄도 알고 사물에 대한 통찰력 또한 맑다.

글쓰기에 최선을 다하는 삶에서 낱말과 낱말의 배열 그리고 문장의 부드러운 흐름의 글솜씨로 세상과 독자와 소통하기에 적합한 작품이다.

시 한 편을 쓰기 위해 지나온 삶을 반성하고 옳게 쓰려는 노력 또한 시인만이 가지고 있는 시심이다. 김복희 시인은 앞으로 한국문단의 순수한 이정표를 만들어가기에 충분한 소양을 갖추고 있다.

이는 인생길에서 많은 이들과 소중한 인연을 통해 얻어지는 지식의 산물을 좋은 작품으로 창작하는 도구로 삼아 현실감 있는 소재로 일궈낼 것을 기대하고 있기 때문이다.

김복희 시인의 첫 시집 『어찌 말없이 살라 하오』는 생동감이 넘치고 시인의 마음에 간직한 순수하고 담담한 시심을 행복한 시 세계로 만들어 시인의 반열에 올려놓았다.

하늘은 날 보고 티 없이 살라는데
어찌 티 없이 살 수 있단 말이오

하늘은 날 보고 말없이 살라는데
살면서 트인 입으로 말해야지
어찌 할 말만 가려서 한답디까

지난 일은 묻지 말고
남은 세월은 하고 싶은 일 다 하리라
사람이 사는 세상 어찌 즐겁지 않겠소

나도 어여쁜 여인인데
어찌 말없이 살라 하오
– 「어찌 말없이 살라 하오」 전문

김복희 첫 시집

어찌 말없이 살라 하오
How Can You Ask Me to Live in Silence?

초판 인쇄 2026년 1월 25일
초판 발행 2026년 1월 30일

지 은 이   김복희
펴 낸 이   박가을
편 집 주 간   윤금아
디 자 인   이재은
펴 낸 곳   🐢 뜨락에

등 록 번 호   제2015-000075호
등 록 일 자   2015년 9월 3일
주   소   경기도 안산시 상록구 학사1길 4-1
전 화 번 호   031. 486-0004
전 자 우 편   kwang6112@naver.com

ISBN 979-11-88839-38-4
정가 15,000원